註東坡先生詩

卷二十九

……此
……仙同賦詩
得觀施注蘇詩，諗知此書為南海吳
尚潘氏所有，吁，物之聚散離合亦
不限，撫筆以誌
吳陵並書

日華陽卓秉恬欽…

吳潘世恩會于南海吳榮光

敬瞻遺像並閱是編一過

者

文蘇本之延熹西嶽華山廟
借摹於蓬於是西陂秀氣
西在我几上矣十九日集同人撲
公生日因記於此 方綱

生詩卷第二十

吳興施氏

吳郡顧氏

詩五十八首 將守錢塘

次韻林子中蒜山亭見寄

林子中名希閩人東坡起還

客朝廷以人望欲驟用之議

起居舍人公詣宰相蔡持

辭持正曰今日誰當在

公曰昔林希同在館

長持正 嘗一

詩 [illegible]

尸又……仙

罷初進[illegible]……直學

都府哲宗親政……章

方治元祐諸臣欲使[illegible]

中與書命而疑於左遷使聞

之欣然留行復為中書舍人

自司馬温公東坡等數十人

皆使為謫詞極其醜詆遂累

遷至同知樞密院後朝廷理

其詞命醜正之罪奪職為舒

州建中靖國元年東坡自海

南歸至儀眞與子由書云林

子中病傷寒十餘日便卒所

獲幾何遺臭無窮哀哉[illegible]

時論復變又追贈賜

[illegible]敏通何人康[illegible]

聞
通羣書數遺譏毀遂增壞
年簿領催衰白 文選嵇叔夜養生 從衰至白從白至老一
江山發醉紅 白樂天自詠詩夜鏡 隱白鬚朝酒發紅顏 聞道賦
詩臨北固 文選謝靈運從游京口北固應 詔詩注云從宋高祖登樓望江
而應 制 未應舉扇向西風 晉王導傳內不平 庾亮遇西風起舉
敝日元 人 叩頭莫吸無家客 漢趙廣漢 傳二人下
反詩此身那得更無宗擴遺 詩云三千里外無家去
記儒有一畝之宮環 之室接
山華

事見二送此卷倡酬王誥成

提點浙刑獄

山上妙高峰華嚴經毗盧遮那十身果海又文殊師利告善財童子言南方有一國土名為勝樂其國有山名曰妙高峰二老遙知

説此翁杜子美寄贊上人詩與子成二老又鄭十八著作詩可念此翁懷直

道聊復艤舟尋紫翠史記項籍紀烏江亭長艤舡待孟康曰附舡着岸也杜牧之蚤春閣下詩千峯橫紫翠不妨持節散

汲黯傳以便宜持節發河內粟志武帝之初太倉之

…孝武…元…待…粟紅腐而不可食高…

輿好句眞傳雪竇風雲門雪竇皆…杜子美詩若耶…門寺青鞋布襪從此始次公有雪竇語録序唱我三人無譜曲

馮夷亦合舞幽宮漢司馬相如傳大人賦使靈媧鼓琴而舞馮夷文選江文通別賦[illegible]幽宮之琴瑟

次韻劉景文送錢蒙仲三首

…蒙仲乃穆父内翰之子穆…于越遣蒙仲從東坡學…子東坡每藏穆父…丈夫故云…言…國

…肖…五…四…

王…

暮長途日莫途遠吾…伍…

青雲九子史記范雎傳須賈曰子能自致青雲

…文何承天傳除著作佐郎承天年老而諸佐郎並名家年少荀伯子嘲之呼為妳母承天曰卿當云鳳皇將九子妳母何言耶

歸去扁舟五

湖吳越春秋范蠡乘扁舟出三江入五湖

寄語竹林社友晉嵇康傳與阮籍山濤向秀劉伶籍兄子咸王戎…

…為竹…游

同書桂籍天倫穀梁傳兄弟天倫也

王郎…

…趣略文帝與吳質書…

…已為…

為玉人
傳見者

五字古原春草 摭言白居易應舉初 以詩謁顧况况戲之曰 安物貴居大不易及讀原上章送友人詩 云野火燒不盡春風吹又生乃嗟賞曰有 句如此居天下有甚難樂 天集此詩題云古原草

千金漢殿長門 文選司馬長卿長門賦序云孝武陳皇后 時幸頗妬別在長門宮愁悶悲思聞相如 下工為文奉金百斤為相如文君取酒 辭悲愁之辭而相如為文以悟主上

三筴 左傳昭公二十五年 子臺曰禮上下之紀

八年 曰文 典刑留 典刑曰

…不…

樂天山…一名杜鵑花杜然…

…紅氍毹館 風俗通織毛得…之氍能三輔黃壹…

…是温室殿規地以罽賓氍能白樂天 毬歌揀絲練線紅藍染織作披香殿

毬

鶴林兵丈眞一夢不歸閬苑歸西湖 續仙

傳鶴林寺杜鵑花盛為三春游觀之最時
將重九周寶謂殷七七曰能令此花開否
七七乃宿其下次日花發此花平日開時
常見三紅裳女子讓之及七七欲開其花
忽此女子來曰妾為上玄所命下司此
花在人間已百年非久却歸閬苑去
[illegible]月之數日花俄不見亦無[illegible]
[illegible]寺樹[illegible]長[illegible]

題楊次公春蘭

春蘭如美人不採羞自獻時聞風露
艾深不見丹青寫眞色杜子美詩每逢佳士亦寫眞欲
補離騷傳漢淮南王傳武帝使為離騷傳旦受詔食時上對之如
靈均冠佩不敢燕楚辭屈原離騷名余曰正則兮字余曰靈均扈
離與辟芷兮紉秋蘭以為佩漢汲黯傳青侍中上踞廁視之丞相晏見或

識楚辭中◦辭[illegible]中楊[illegible]

[illegible]色雖非實眞香亦竟空◦之

[illegible]微馥唐杜甫傳殘膏賸馥沾丐後人鼻觀已先通◦楞嚴觀世音菩薩由聞思脩入三摩地疏云聞思脩為三觀惟觀世音三觀俱全

次韻曹輔寄壑源試焙新芽

集本云仙山靈雨濕行雲戲作小詩君一笑吳興向氏有畢良史舊臧墨迹靈雨草一笑作勿笑今從墨

又題曾坑壑源四

[illegible]字補詩[illegible]

早瀛行雲文多靈草文選宋

賦妾在巫山之陽高丘之岨旦為朝雲暮為行雨洗遍香肌

句明月来投玉川子盧仝謝孟諫議茶詩手閱月團三百片仝

號玉川子清風吹破武林春盧仝詩又云乘此清風欲歸去要

白玉雪心腸好韓退之文玉雪可憐不是膏油首面

君謨茶録茶色貴白而餅茶多以油其面故有青黃紫黑之異嚴

從来佳茗似佳人

謝芳榭 表

……爲……

臥疾致……摩文殊……

……問疾諸菩薩大弟子咸……大士文殊師利維摩詰共談必……

河魚潰腹空號楚左傳宣公十二年楚子伐蕭無社與馬卯言號申叔展叔展曰有麥麴乎曰無有山鞠窮乎曰無河魚腹疾奈何

汗水流骰始信呉呉眞君服椒訣半年脚心汗如水南史王亮傳沈瓚之曰未知明府諱若爲攸字當作無骰尊傍犬爲犬傍無骰尊文選潘安仁射雉賦……骰以角槎云……骰脛也

自笑方求三歲艾孟子之……

……年之病不如……下蜀……

藥石女獨卧 羨君清瘦真仙[illegible]

飄鶴背軀

次韻楊次公惠徑山龍井水 東坡云龍井水洗病眼有効

漏盡雞號獸夜行 三國志魏田豫傳年過七十而居位譬猶鐘鳴漏盡而夜行不休是罪人也史[illegible]冬分時雞三號卒明 年来小器

[illegible]仲之器小哉韓退之石鼎紅爐然益見小器盈

疏廣傳東海蘭陵[illegible]與兄子受[illegible]

漢[illegible]

龍淵水寧行丘治

張伯英臨[illegible]書池水盡黑

次韻劉景文登介亭

澤國梅雨餘周禮澤國用龍節梁元帝纂要梅熟而雨曰梅雨衰年困蒸溽高堂磨新塼楚辭招魂章高堂邃宇檻層軒頳覺利腰足松根百尺井漢王莽傳新昌有百尺井兩綆能淨淥白樂天昆明春水滿歌今來淨淥水照天流觴聚

[illegible]之傳蘭亭敘羣賢畢至[illegible]

一笑為捧腹季主捧腹大

風信可御莊子逍遙遊列子御風而行剛氣在膺

知共此世物外無三伏陰陽書夏至後第三庚為初伏四庚

為中伏立秋後初庚為末伏故謂之三伏長歌入雲去列子湯問篇薛

譚學謳於秦有響遏行雲不待絃管逐西湖真西子煙

眉目濤江少醞藉杜子美詩李翱濤江漢羲縱籍敢

星韓退之贈崔立之詩浪駕天輪不盡孟東野

拊四海莊子在宥俛[illegible]間

選

保[illegible]祖無伏[illegible]譯

樂府之才劉孝綽尺何為

[illegible]輒之辭[illegible]

誰似劉將軍逸韻謫邊

[illegible]況酬李侍郎詩逸韻不可酬後漢馬援傳見公孫述曰天下雌雄未定不吐哺走迎國士反脩飾邊幅此子何足久稽天下士南史任昉傳為新安太守在郡不事邊幅

千言一揮手五車不再讀

杜子美栢學士詩男兒須讀五車書北史邢邵傳廣尋經史五行俱下一覽便無所遺唐蕭穎士傳與李華陸據游龍門讀道傍碑穎士即誦據[illegible]三乃能盡記聞者謂三人才高下[illegible]木遂傳弱冠敏悟一覽數[illegible]皆[illegible]讀[illegible]

…奚舞…毛映水則舞

□都山川記峽中猿鳴至清行者歌巴東三峽猿鳴悲猿鳴三聲淚沾衣陳

詮夜猿啼詩桂月影才通猿鳴乃入風見藝文類聚朝先鷤鴂起潘楊

雄傳徒恐鷤鴂之將鳴暮與寒螿續文選謝惠連擣衣詩烈烈寒螿

啼此二句謂景文篤學苦吟也其句如韓退之朝悲辭樹葉夕感歸巢禽我去

□哦白樂天自解詩只擬江湖上吟哦過一生賴君時擊鬭

□書上使欒大□觸聲從今事遠覽漢□□傳

合楚辭屈原離騷發軔於蒼梧兮

得三昧

□謝五欲
以佛照觀見六□□　□於五欲又並立□念
進士氣壓劉師服　韓退之石鼎聯句序
軒轅彌明與劉師服進士相識劉與　□喜聯石鼎句弥明應之如響二子思竭
不能續因起謝曰尊師非世人也　某等伏矣願為弟子不敢更論詩

袁公濟和復次韻荅之

昬昬墮醉夢　李涉題鶴林僧房詩　終日昬昬醉夢間　奈此六
月溽　禮記季夏之　月土潤溽暑　君詩如清風　毛詩吉　作頌□
□陶潛傳夏日虛閑高卧北□

……天重題詩日……高睡足猶慵起　登臨行人……

……侯有佳句　江白照湖渌袖手獨不言　韓石鼎

句序道士啞然笑曰子詩如是而已手即袖手聳肩傍北墻坐　默藁已在

腹　唐王勃傳屬文初不精思先磨墨數升則酣飲引被覆面及寤援筆成篇不易

一字時人謂……功為腹藁　是時風雨過鵠鵠雲歸麓　韓退

……贈張祕書詩……春空雲　踈星帶微月金火爭見伏

……可也金氣伏藏之日也四時……夏火代木木生火之秋

至庚日必伏顏師古……陽而未得升故為藏

……可遂……文選曹……公燕詩……

清景歸来讀

文帝與吳質書游猶在心目却思

人作手場屋後漢北海敬王睦性謙恭好士聲價益廣

文翻水成韓退之寄崔二十六詩文如翻水成初不用意為賦

作乂手速玉泉子聞見録温庭筠每作賦一乂手則一韻成摭言温庭筠

作賦不起草但籠袖凭按每一韻成□乂手一吟故塲中謂之温八吟秋風

起鴻鴈一本作鶴我亦繼華躅袁轂試館職首薦東坡亦第七

那知君蹭蹬杜子美贈李四丈詩蹭蹬麒麟老獨立

人下和得玉璞並刖詩楚□人相

後厲文王王成王和抱玉泣於楚山之乃得寶玉名和氏璧相見南新道青衫垂破

知事大繆漢司馬遷傳務一心營職以親媚於主上而事乃有大繆不然者恨不十年讀南史沈攸之傳常歎曰早知窮達有命恨不十年讀書

莫嫌馮唐老漢馮唐傳為郎中署長文帝過問曰父老何自為郎勞賈誼哭漢賈誼傳上疏陳政事曰首可為痛哭者一流涕者二長

為僚左傳文公七年荀伯曰同官為僚舊好二年公及舊好也升沉何足

喻升之於雲則施以論贈劉

蠻與觸篇莊子……人
於蝸之左角曰觸氏蠻氏時相與爭地而
有五日而後反云云惠子[illegible]於戴晉人之前辭猶劍首之一
也共為湖山主白樂天詩山川雖有主風景屬閑人出入窮
澗谷衆馳君不爭人棄我所欲漢貨殖傳白圭樂觀
時變故人棄我取人取我予何時神武門相約挂冠服
南史陶弘景傳脫朝服挂神武門上表辭祿

介亭餞楊傑次公

出登山門晉陶潛傳向[illegible]盛輿亦[illegible]

仁村只青明滅風篁嶺琅[illegible]

花源東坡云郡人謂介亭山下為桃源路前朝欲上巳蚰[illegible]

晉阮孚傳或有詣阮正見自臘屐因自歎曰未知一生當着幾量屐黑雲白

雨如傾盃杜子美詩片雲頭上黑應是雨催詩又白帝城下雨翻盆白樂

天游悟眞寺詩赤日間白雨令晨積霧卷千里豈畏觸

生病根杜子美貽華陽柳少府詩自非曉相訪觸熱生病根在家

[illegible]傳燈錄會通禪師休官出家[illegible]禪師云汝當為在家菩

[illegible]運之儔也次公冕[illegible]杜多漢言抖擻謂三

[illegible]人莊父與吾以為

岷盡處亦好有西

臨之送孟逢詩大江天去一綫橫坤抹

詩女住文選劉越石扶風歌揮手長相謝傳奇封陟傳仙姝

陟曰好住好住無異日追悔六祖壇經和尚報言好住今共汝別清風萬

壑傳其言風回響荅君聽取杜牧之茶山詩歌聲谷荅

回我亦到處隨君軒

次京師韻送表弟程懿叔赴夔州

運判

程懿叔名之邵第

詩誼先生之衲日手書此詩并自跋孺在嶺外適有使至[illegible]本示之德孺書中自言學[illegible]有所悟入寄偈頌十數篇來故有新得道之語德孺名之元懿叔兄也詩跋刻石成都府治

與子甥舅氏擢顏各蒼顏白樂天詠懷詩我年年日擢顏

為東諸侯左傳成公十六年郤犨將新軍且為公族大夫以主東諸

[illegible]山寒松無時花安得插髻鬟

不死一笑榮枯間我

旦無素與[illegible]古詩[illegible]

小臺嘍為上冠及
冠挂孝郭九十曰耄當權一紀
晉文公曰蓄力一紀可以昭注曰十二年歲星一周為一
子亦拙進取漢叔孫通傳儒者難與進取才高命堅
頊南史羊玄保傳宋文帝嘗曰仕宦非唯元須才亦須運命白樂天詩自古才難與
命争譬如萬斛舟行此九折灣杜子美夔州絕句蜀麻吳
鹽自古通萬斛之舟行若風漢王尊傳王防為益州刺史行部至邛郲九折阪歎曰
奈何數此險仲氏新得道毛詩仲氏吹篪一漚目
空生大覺中如海一漚生行生漚滅

□經路莫遣生榛菅

葉教授和濘字韻詩復次韻

記龍井之游

先生魯諸儒漢叔孫通傳說上曰儒者難與進取可與守成願徵魯諸生與臣弟子共起朝儀飲食清不濘禮記儒行其居處不淫其飲食

空腸出秀句杜子美送韋十六詩題詩得秀句吟嚼五

□比着五味禪孟東野好詩更相□牙開前貧死已久猶有咀

是嵇叔夜琴賦崒要寥大近賓眸子

□□□走避□子盜篇侯

…字…歸…之…劾

…以及靈臺中有麀鹿伏刺幽王也上棄禮而不能…有牲牢饔餼不肯用也故思古之人以微薄廢禮焉幡幡瓠葉采之亨之君有酒酌言嘗之旱麓受祖也瞻彼旱麓榛楛濟濟豈弟君子干祿豈弟靈臺民始附也王在靈囿麀鹿攸伏禮記聲淫反商

功名一走兔何用千人逐說苑一兔走於街萬人追之一人得之萬不復走

故應容我輩晉石苞傳許允謂曰卿是我輩人

坐時閉目高亭石排衙白樂天懷…詩不知兩…排衙得也無按介亭…

□集時節客亦不待送客□

絃 似聞雪鬚叟西嶺訪遺躅 劉□ 司馬錯

城詩登覽壯前躅 朝陽入潭洞金碧涵水玉 杜牧之贈

裴坦詩城高峙樓瀟金碧 泉扉夜不扃雲袂本無帽慈

皇付寶偈神侶得幽讀訥菴有老人 訥菴老人

晴辯才師 宴坐天魔哭 大悲觀音經天魔外道恐怖毛豎 時

□各觀□音普門品經無盡意菩薩□貞眾寶珠瓔珞價直百千兩

□言仁珞 法供燈相續 傳燈錄僧

□華嚴 [illegible] 諸□養 [illegible] 盡□如

…蓮…能…口僧…人食…十年…

…子美詩…忝簪裾 欲往無乃龠

…冒晨炊 杜子美詩玉粒穽晨炊 車騎滿山谷 漢司

馬相如傳車騎雍容閑雅甚都 願聞第一義 傳燈録達摩西来梁武帝

問如何是聖諦第一義荅云廓然無聖杜子美詩願聞第一義回向心地初 鉢

飯非所欲 維摩經香積如来以衆香鉢盛滿香飯與化菩薩 便投

切雲冠子幼好奇服 楚辭屈原九章余幼好此奇服兮年既老

而不衰帶長鋏之陸離冠切雲之崔嵬

…員大子中見寄

□社數遺民（杜子美□□□ 孫丈人行□）
（史記吳世家猶有先王之遺民也）詩酒當年困惡賓（於
公孫弘食故人高賀以脫粟覆以布被賀怒而去語人曰弘內廚五鼎外膳一肴其
儉詐也弘聞之歎曰寔逢惡賓莫逢故人）元亮本無適俗韻（陶潛
歸田園居詩少無適俗韻性本愛丘山晉陶潛傳字元亮）孝章要是有
古人（會稽典錄盛憲字孝章素有高名孫策深忌之孔融憂其不免禍乃與曹
□勸招致之曰孝章要為有□名□牧之人所共稱歎）蒜山小隱（
潤州類集蒜山在江上□□澤蒜故名一說謂周瑜
□曹操當作□□策之筭□□小□□□□爲）

來祈祝[illegible]上東[illegible]為山庵之
去西湖千頃對東坡開西湖以葑積
[illegible]步通南北蘇公堤是也
笑看魚尾更莘莘毛詩魚在在藻
莘其尾

安州老人食蜜歌贈僧仲殊

僧仲殊安州人居錢塘為詩敏捷立成而工妙絕人遠甚殊辟穀常啖蜜陸務觀云族伯父彥遠言少時識仲殊長老東坡為作安州老人[illegible]歌者一日與數客過[illegible]皆蜜也豆腐麪[illegible]皆漬蜜食之

茂叔先生[illegible]

周茂叔先生名敦頤
道人以勇任入官在州
遇事剛果為政簡而密嚴
恕官蜀時趙清獻為使者不
為所識察逮守虔而先生為
倅熟其行事乃執手歎曰吾
幾失君美用清獻及呂正獻
薦為廣東轉運判官提點刑
獄以疾求知南康軍因家廬
山蓮花峰下前有溪合於溢
取營道所居濂溪以名之
博學力行著太極圖窮
之化之妙而及於人
著通書發明太
而道大文質而善
之本元有功於學

安時程明追命侍其父通判軍事使受業焉二程之之子壽字次元東坡

元為兩浙轉運同在鐵為賦此詩次元蔡寶文閣

待制

眩名實太公六韜名實相當則國治所謂名者百官號也實者士能也當者謂才宜其官官得其才也漢宣帝曰俗儒不達時宜使人眩其名實

主人疑有無莊子至人無已怒移水中蟹晉解傳

以宿憾收系曰我於水中見惡之况此人兄弟輕我耶愛之

六韜虎韜篇愛其人

名實先生俱先生大

之非譽無益損烏是謂全德之人廉退乃一隅荀文章礎

廉隅論語舉一隅因拖彭澤米晉陶潛傳為彭澤令曰吾不能為五

斗米折腰事鄉里小人即解印去縣偶似西山夫揚子或問子蜀人也

人曰李仲元者人也不夷不惠可否之如是則奚名之不彰曰無仲尼則西

與東國聞遂即世所知以為豁之

吉石苞傳許允謂曰卿是我輩人造出乃

上與造物者游終始者為友應同

柳宗元傳嘗為柳又世號柳柳州

種柳御江邊戶
謫蒲水上憂[illegible]谿

回使契丹至涿州見寄四

人癡鈍已逃寒子復辭行理亦難東坡云余昔年辭免使北要到盧龍看古塞唐地理志平州武德元年徙治盧龍注云有府盧龍一曰盧龍軍天寶二載置投文易水弔燕記燕世家秦兵臨易水燕知禍且子使荊軻襲刺秦王秦王殺軻

得安眼窮髮之

莊窮髮之北有冥海者天池也又
李洞詩島嶼分諸國星河共一天

鄉持漢節漢蘇武傳守子卿在匈
奴海上仗漢節牧羊

遙知遺

老泣山前韓退之和李司勳連昌宮詩宮
前遺老來相問今是開元幾葉

李太白金陵白楊巷詩
餘古丘樵蘇泣遺老

亦甚都漢王褒傳荷旃被毳者
難與道純綿之麗密漢

騎時時鴂舌問三蘇東坡
云余

已問所在後余館於
子南蠻鴂舌之人

向君王乞鏡湖唐賀
知章

□之以宅為千秋觀

放生池有詔賜鏡湖

余楚辭屈原離騷攝提貞于孟陬兮惟庚寅吾以

鳳戲僧虔南史王僧虔傳父曇首與兄弟集會子孫

□遊僧虔採蠟燭珠為鳳伯父弘稱其長者或云僧綽隨翁萬里

心如鐵東坡云時猶子逕侍行魏武故事長史王必忠能勤事心如鐵石唐

文粹皮日休桃花賦序宋廣平之為相宜其鐵心石腸此子何勞為

□田漢陸賈使南越歸出橐中金分諸子買好時田宅

□復更欲真同□

君者圭猫生十六

藏和順闍梨詩見贈次韻答

殘花怨久病剩兩泣餘妍杜子美詩剩水滄江破殘山碣石開

不見雙旌出韓退之賀張十八詩免勞去騎逐雙旌空令

遲東坡云開園時市井皆入劉禹錫賀王侍郎放牓詩九陌人人走馬

寂寞楚辭劉向九歎幽虛空以寂寞妙語嚼芳

言語妙天下孟東野懊惱天剱戟生牙關前賢丕已

又

深紅任早蔫抒情苟埸行敝

報杜

天葩尚青蕚國

龍吐奇芬公子傳
也李正封牡丹詩天

酒胡老**載酒邀詩將**漢揚雄傳

游學杜牧代風騷將**臞儒不是仙**

傳大人賦列仙
澤間形容甚臞

次韻劉景文周次元寒食同游西湖

絮飛春減不成年杜子美曲江詩一片花飛減却春風飄萬點

人白樂天詩春飛留不得**老境同乘下瀨船**

下瀨將軍下蒼梧

咸鑴故事清明尚
於殿前鑽新賜宰臣以下遨頭要及浣花前成都
守自正月二日出遊謂之遨頭至四月十九日浣花乃止山西老將詩
無敵漢趙充國傳贊曰秦漢以來山東出相山西出將杜子美贈李白詩云白
詩洛下書生語更妍晉謝安傳能為洛下書生詠共
二士維摩經二士共談必說妙法二士謂清順道潛畫
司馬相如子虛賦建翠華旗樹靈鼉之鼓杜牧之
張全翁游西湖詩

右二詩皆登垂雲亭

日後過唐州陳使君夜

有詩次韻荅之

高千仞付我足西湖六何有萬

上我目劉禹錫楚望賦萬象起滅森來貺予雲深人在嶋

風靜響應谷駱賓王月夜詩山靈響自應水淨望如空與君皆

無心信步行看竹竹間逢詩鳴韓退之送孟東野序

野始以鳴眼色奪湖淥百篇成俯仰

子美寄贊上人詩

項之陂　養山一伯

亭小膝屢促　杜子美相從歌　如何其祔促膝　衣

尺井渴飲半甌玉　白樂天酬吳七詩似　寒玉水如聞商風弦

明朝鬧絲管　杜子美詩絲管　啁啾空翠来　寒食雜歌哭

坐無聊　楚辭九懷思　君兮無聊　狂客来不速　唐　賀

號叫明狂客周易　人来敬之終吉　載酒有鴟夷

酒箴曰鴟夷滑稽　酒入復借酤　扣門非

用吻　僧　浮蛆灩金盌翠羽

好色賦目如翠羽史　仕王有象馬憂之華

之蘭亭序俯仰之間以為陳跡兒夢

過我勤秉燭文選古詩晝短

投人爵孟子曰有天爵者有人爵者仁義忠

此天爵也此人爵也百年終鬼錄三國志王

文帝與吳質書曰徐陳應劉一時俱撰其遺文為一集觀其姓名已為鬼

新茶送蔡判程朝奉以餽其母

詩相謝次韻荅之

程朝奉名遵

絶人者在東坡

遜有詩送赴闕載二十

公再入翰林薦之於朝

王丞後使廣西入為祠

部郎提點兩浙刑獄

縫衣付與溧陽尉孟東野遊子吟慈母手中線遊子身上衣臨行縫意恐遲遲歸唐孟郊傳字五十得進士第調溧陽尉舍肉懷左傳隱公元年潁谷封人潁考有獻於鄭莊公公賜之食食曰小人有以遺之聞道平反供一北君每行縣錄囚四所平反活幾何人即無會須難老待千鐘

□光曾□宴喜□妻

子再仕一而心再仕曰

樂悲後火前試焙分新

賜龍茶錄福建貢茶每若千計綱以進國朝故

臣茶至即分賜近臣歐陽公歸之貴者莫如龍鳳謂之團茶

□井堂是兄弟三國志吳周瑜傳孫策與瑜同年獨相友善升

堂拜母有無通共張昭傳孫策創業命昭為長史升堂拜母如比肩之舊一甌

林下記相逢

次韻送張山人歸彭城

方□豈舟莊子列禦寇

十日[illegible]

詩筆揔眉愁雪中乗輿真聊爾晋傳山雪初霽忽憶戴安道夜乗小船詣之造門不前而返曰本乗興而行興盡而返阮咸傳未能免俗聊復爾耳春盡思歸却罷休文選有思歸引劉禹[illegible]京門懷古詩咸陽終日苦思歸[illegible]祿武傳吳王曰將軍罷休何日五吳越春秋范蠡乗扁舟出三[illegible]江入五湖人莫知其所適種北户雜録陶朱公養魚法[illegible]七種魚每二月上庚日取中襄陽記李衡種橘千一匹絹亦可足用柳

王考祖唱酬

寒猶喜五人同公自
余與子中考祖子勤字
同試舉人景德寺今皆健
子中名希時守潤故去兩
餘北固山圖坐後為同知樞
密院王考祖名汾禹偁孫後
為兵部侍郎時守明州當是
道出京口唱酬碩子勤名臨
後為翰林學士胡宇夫
名宗愈後為尚書右丞

早知身寄一漚中楞嚴經空生大覺中如海一漚發有漏微塵[illegible]

[illegible]因空[illegible]

晚節尤驚落木風漢鄒陽傳[illegible]末路壯[illegible]

[illegible]萬風東坡[illegible]

涅槃無起無滅無去來

喜五人同論語歲寒然後知松柏凋陶淵明詩願留就君住

今至歲寒東坡云余與子中奕祖子郭字夫同試舉人景德寺今皆健雨餘

北固山圍坐南史梁平樂侯正義傳京城之西有別嶺入江高數十丈

四臨水號曰北固蔡謨起樓其上以貴劉禹錫詩山圍故國周遭在春

俠空羗勝四明狂監在唐賀知章傳晚

四明

更將老眼犯壓紅杜子

選班固西都賦紅京浩浩唯紅塵

杆

詩話云[illegible]文忠公詩
迦天成其實關鍵甚
杭州作壽皇院寒碧
句切題而未嘗拘其
[illegible]風肅肅搖窻竦總前脩
一尺團紛紛蒼雪落夏簟
冉冉綠霧沾人衣寒碧各在
其中第五句日高山蟬抱葉
響頗似無意而杜詩云抱葉
寒蟬靜併葉言之寒碧亦在
其中矣人靜翠羽穿林飛固
不待言未句却說破道人總
粒對寒碧為問鶴骨
何緣肥其妙如此

風肅肅搖窻竦窻前脩竹一尺圍

詩分分[illegible]

以還微霜露人衣

抱葉響杜子美詩抱葉寒蟬靜蘇山蟬帶響穿疎戶林蔓蟠青

蔥人靜翠羽穿林飛文選洛神賦或拾翠羽道人絕

粒對寒碧後漢延丹傳有時絕粒為問鶴骨何緣肥

天病起詩形如鶴

劉景文左藏所藏王子敬帖

子厚書評云劉季孫文思敬兩帖二十二字雖殘

而精神骨氣具在柳數十字於其後用筆

不可曰來元章書米[illegible]云[illegible]

晚雪[illegible]不能[illegible]耳
[illegible]君家兩行十二字
此詩注有東坡詩話
[illegible]歆黃甘三百顆帖在
[illegible]文變二王書傳於世者
[illegible]無黃甘帖獨書史載唐摹
逸少帖乃雙鉤蠟紙本云奉
橘三百顆霜未降未可多得
詩話所載蓋誤
記棃爲甘也

家雞野鶩同登俎法書苑庾翼少與羲之
齊名子弟皆學羲之翼
甚不平在荆州日與都下書云兒輩賤
家雞愛野雉皆學逸少書須吾還比之春

[illegible]秋蚍揔入奩晉王羲之傳子雲近
丈夫之氣行行如[illegible]

[illegible]丙丁[illegible]二[illegible]

畫一丫角小童持車輪

鷂中引線長數丈家子大怒遂謝絕

眞覺院有洛花花時不暇往四月

十八日與劉景文同往賞枇杷

初迎夏紅殘不及春魏花非老伴歐陽

擇名牡丹中魏花者千葉肉紅故相家白樂天醉贈叔詩老

史記司馬相如傳盧橘夏熟注郭璞曰今蜀中

井落依山盡巖崖發

樓詩白日依山嵗晃高敂與斷

後知……也

松雪看太君蘇

文韻

一時栽付與春風自在開試問

題字客幾人不為看花來劉禹錫贈看花君子

無人不過看花回

西湖壽星院此君軒

德謖謖碎龍鱗陸機感冬賦風謖謖屢作世說世目

……奇首春……

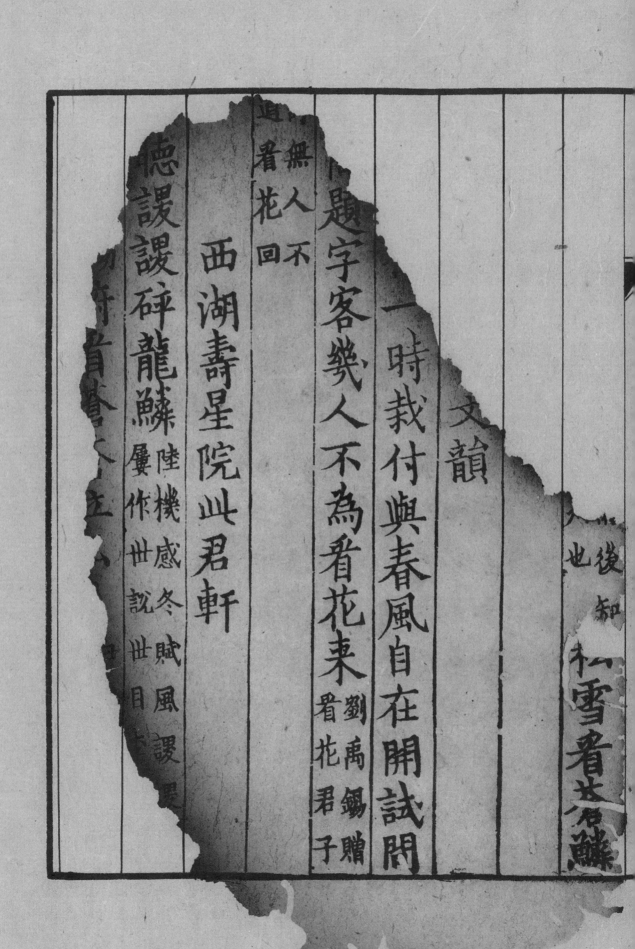

騎夷江海去尚餘三

王句踐世家用范蠡計發習流二四萬君子六千人諸御千人伐吳

平吳范蠡乃與其私徒屬乘舟海出齊變姓名自謂鴟夷子皮

仲天既王元直自眉山来見余錢

塘留半歲既行作絕句五首送之

王箴字元直東坡夫人同安君之弟也

毛詩豈弟君子民之父母語予多學而識之者與

志魏陳矯傳陳登云疾惡有識有義吾敬

諸謝安既出處閒向其曰吉人之辭

□天飛起詩披形如鶴時來或

雖百台

□樂天春生詩海角天涯遍始休江源與

是郭景純江賦惟岷山之導江初發源乎濫觴剩作數

相送莫教萬里空回

一人一旦同行東坡云二子與秦少章同寓高齋復同舟北行論詩

人行必有我師焉留下高齋月明遙想扁舟京口

睡孤枕潮聲

生

豆江一輪波千華

煬君久駐浙江春年來總作維摩

者維摩詰以無量方便饒益衆生其以便現身有疾以其疾故無數千人皆往卜疾維摩詰因以身疾廣為說法

堪笑東西二老人

杜子美詩與子

二老來往亦風流別本又載一篇云老

月似車輪叱去知逢幾箇春昨夜咏

曉來

月閒垂雲花開順闍黎以

答之

傳呂門如水

丙凝照筆

以三界趣□
□天對灑詩百□
沈休文直學省言
涓陰蒲周易其為道
一念有陳鮮嫋嫋風枝舉
嫋嫋兮秋兮木葉下離離日暮蔫毛詩彼黍離離
左太冲詠史詩鬱鬱澗底松離離山上苗李義山詩日薄不蔫花病吟
終少味後漢馬援傳過是欲少味矣老醉不成顛何忍
遨頭出成都記太守凡出遊樂士女列木床觀之勢如磴道謂之遨床
涓太守遨頭湖中有散仙韓退之曲江上界真人足
陂

[illegible]可甚[illegible]

不敢加主人若可信衆鳥不我[illegible]

[illegible]子不我遐棄故知中孚化可及魚與猳周[illegible]孚信[illegible]

豚魚吉東坡雜說去少年時所居書室前有竹柏雜花叢生滿庭衆鳥巢其上武陽

[illegible]惡殺生兒童婢僕皆不得捕取數年閒[illegible]巢於低枝其鷇可俯而窺也又有

[illegible]五日一翔集其間此鳥羽毛至[illegible]馴擾殊不畏人閭里間

無他不忮之誠信於異[illegible]雀去人太遠則其子有

[illegible]憂人既不殺則自近人[illegible]觀之異時鳥雀巢不[illegible]

[illegible]於虵鼠[illegible]口弌[illegible]

[illegible]和[illegible]古[illegible]又

紀元九年言臨 吏烟塢典華

沙仁心格異族兩歡

言相對空楂楂韓退之雜詩鵲

善惡以類應古語良非夸君

後酷吏所至號鬼車嶺表錄異梟一名鬼車或云九首古者重鴟鳥及梟羹蓋惡鳥欲滅其族也

次韻詹適宣德小飲巽亭

夢謫仙東坡去來詩記李白事唐李白傳賀知章

一樽孟東野夜集鄭齋詩一樽歡暫同濤雷殷
眞淅江記潮頭湧激高數丈訇隱若雷霆梅雪耿黃昏林逋詩暗
浮動月黃昏歸去多情雨應隨御史軒東坡云啓為御
臺主簿唐顏眞卿傳為監察御史使河原有寃獄久不決天且旱眞卿辨
人呼為御史雨韓退之五為入蕭颯已隨軒
寄魯冀州戡贈
名有開字元翰事見卷送元翰知衛州詩

錦蜀東□獸錦畫綃作壁底生□之有

石底飽風雪歲晚忽作

老侍從文選班孟堅西都賦言語侍從

骨寒只受布與繒床頭錦衾

也客杜子美張舍人遺錦段詩錦鮮卷還客始覺心和平坐覺芒

刺在背膺漢霍光傳上內嚴憚之若有芒刺在背豈如鬚卿

晚乃貴福祿正似川方增毛詩如川之方至以莫不增

中倒著紫綺裘李白翫月詩序翫陵城西孫楚樓

衣烏紗帽與

銓鈙歎曰眞消

注王后謂明皇曰不記阿忠脫紫
日湯餅耶宣室志竇參夢德宗以

半臂賜之解者曰半臂乃服肱之服後
日果大拜溫庭筠乾𦠆子房琯家法不著

半臂
封題不敢妄裁剪刀尺自有佳人能唐文

張籍白苧歌裁縫長短
自持刀尺向姑前遙知千騎出清

羅敷行東方千餘騎夫壻居上
清曉卷書坐南山見高稜

白須紅帶柳絲下老剪

紋出領袖吾鬚誰老

齒髻
傳

新茶見餉兼以六龍

詩

經香積如来以衆香

滿香飯與化菩薩 珍

百官志太官署令掌供祠宴朝會膳食 揀牙分雀

仲吉建安茶録芽如鷹爪雀舌者為上一槍一旗次之 賜茗出龍

團 歐陽文忠公歸田録茶之品莫貴於龍鳳謂之團茶每因南郊致齋中書密院

各賜一餅四人分之 曉日雲庵暖春風浴殿寒 唐

見浴殿 聊將試道眼莫作兩般看

貢 忠玉存

山相[illegible]夫飲曰

老守娛賓得二丘東坡去郡人公太守王規父

不謂兎丘即謂閭丘規父忠王伯父也文選禰正平鸚鵡賦序今日無用娛賓白

鬢重來故人盡空餘叢桂小山幽楚辭劉安招隱

[illegible]序曰淮南小山之所作也[illegible]桂樹叢生兮山之幽

兵王山後漢董卓傳乘青蓋車韓退之上馬侍郎詩紅

説山公稱嵇山之將頹新詩小草

東京賦陰地幽流野詩手中飛黑雲

自劉禹錫兵郡太草尚書泉

有真娘之追邊圖

也

杜子美陪李梓州詩江一請歌扇底野曠舞衣前

詩百年事轉頭空只有青山杳靄中若

吳王闘百草使君未敢借驚鴻劉禹錫寄蘇州

白使君詩若共吳王闘百草不如應是欠西施又秦娘歌舞鶴驚鴻水榭春歌撩上

客蘭堂暮

寄蔡子華

蔡子華名褒

託求詩夢中

成之以寄子華仍請君素王慶源二老人元年二月七日

故人送我東來時手栽荔子待君歸荔子

吾髮白韓退之羅池廟碑荔子丹兮蕉葉黃猶作江南

春盡水如天柳子厚別宗一詩洞庭春盡水

船杜子美小寒食詩春水船如天上坐想

紫筍不論錢杜子峽所

如霜檜舊交

……和中詩序
月如流星……美姑老

如識零落
……友多零落
莫從唐

傳嘗從唐舉相舉熟視
……聞聖人不相殆先生乎

乃曰富貴吾所自有所不知
之舉曰從今以往四十三歲澤

而去謂其御者曰揖讓人主
前食肉富貴四十三年足矣
但逢麻姑更爬背

神仙傳麻姑手如鳥爪蔡經心
念背痒時得此爪以杷乃佳

和錢四寄其弟龢

錢四蓋穆父龢字岳仲
父守越東坡守杭文

二老

王鄭州挽辭

王鄭州名克臣字子難河[illegible]
人國初勳臣審琦之曾孫[illegible]
承衍尚秦賢穆公主子難弟
景祐進士　仁宗閱其父名
碩侍臣曰賢穆有孫登科可
嘉也熙寧中為開封府支二
判官遷鹽鐵副使監安上門
[illegible]使介夫以上書直言竄領
[illegible]難嘗薦使且饋之白金
官復為户部副使以集
撰知鄆州河决曹村
築隄城下或曰澶淵
遠且州徙於高八十
水患安車此不聽臣

成犬夫至不汲若財
起角道屬之東平王
得趨以游水皆贈奉
書褒焉故詩云千里
歌了產子師約習進士
宗求儒生為主壻乃以郡
然尚焉故去一時冠蓋慕蒲
嵩元祐四年以龍圖閣直學
士太中大夫
卒年七十六

羨君華髮起琳宮 空洞靈章經衆聖集古
琳宮金母命清歌

輔初還鼓角雄 後漢公孫瓚傳鼓角鳴
地中劉禹錫送裴令
原詩行色旌旗
鼙鼓角雄 千里農桑歌

[illegible]

子太師請老而子華為侍
主位三品就養年踰八十士[illegible]
知聚散舂糧外文選謝靈運詩晤對
歇聚散成分離莊子道
遊蒿適百里
者宿舂糧便有悲歡過隙中李太白詩
目極心更
悲歡但長吁莊子知北遊篇人生
間若白駒之過隙忽然而已京兆
左傳文公七年先蔑奔秦荀
止之曰同官為僚吾嘗同
筆生風東坡云吾為開
封府幕與子雖
京兆
避
戚王晉卿畫著色山

守漳州以救飢存民

託侯之去鵲亦送之漳

此詩

先君子仁孝行於家家有五畝園么

鳳集桐花是時烏與鵲巢𣪊可俯拏荀子王者

之政好生惡殺則烏鵲之巢可俯而窺馬蹄篇至德之世禽獸可係羈而遊

巢可而窺憶我與諸兒飼食觀君子

事詩

無也之外

何間陶淵明連雨獨飲詩世間有松喬於今定何間君

水白樂天贈元稹詩無波古井水萬象自往還劉禹錫望賦萬

起滅森來既予

帝嶺北初逢雪我亦江南五見春寄語

晉王濟傳字武子少有逸才姿英爽氣蓋一時王武子

識山人

嘉州

王濬傳夜夢懸三刀於臥屋梁上須臾又

詩謫黃州一九五年主
亦坐累謫監賓州監
王晉卿謫為英宗主
主甍謫從均州故云三人
俱是識
山人
髮四老人
李白詩白髮四老
人昂藏南山側
何曾在商
顏
漢張良傳太子侍宴四人者從年皆八
十餘須眉皓白衣冠甚偉顏師古曰四
人即商山四皓也溝洫志引洛
水至商顏下注云商山之顏也
煩君
㸃我胥中山山中亦何有木

惟東坡性亦酷[illegible]
共飽崇寧中忽上堂[illegible]
夕閉方丈門自縊死及[illegible]
利五色不可勝計鄒忠公
作詩云逆行天莫測雉作瀆
中經滙滅風前贊蓮開火後
形鉢盂殘蠶白爐篆冷煙青
空有誰家曲人間得細聽彥
遠又云殊少為士人遊蕩不
蠶為妻投毒囊藏中幾死唉
蠶而解醫云復食肉則毒發
不可療遂棄家為浮屠鄒公
所謂誰家曲者謂其雅[illegible]於
樂府詞猶有不蠶餘習也
識三國志魏武紀長史王
必忠心女識若唐皮日

老人心[illegible]　[illegible]食五

用萬戶侯但願一識韓

身為漢嘉守載酒時作凌雲游頂

曰雲

虛名無用今白首文選古詩虛名復何益夢中

卻到龍泓口龍泓口在凌雲之上士人謂之龍巖浮雲軒冕

何足言論語不義而富且貴於我如浮雲莊子繕性篇今之所謂得志者軒

冕之謂也軒冕在身非性命也惟有江山難入手峩眉山

半輪秋影入手羗江水流此兩句李白峩眉山月歌

[illegible]解道唐李白傳賀知章[illegible]子謫仙人也白有詩

[illegible]如練令人還請君[illegible]月詩

坡云[illegible]家[illegible]種花人其生也天行其死也物[illegible]

養生主[illegible]吾生也有涯而[illegible]也無涯以有涯隨無涯殆已

得芳蕤兩眼花。文選陸士衡文賦播芳蕤之馥馥題詩

柏郭字傾斜杜子美春陵行作詩吟內墨淡字欹傾篋中尚

有絲綸句白樂天紫薇花詩絲綸閣下文書靜鍾鼓樓中刻漏長獨坐黃昏誰是伴紫薇花對紫微郎坐覺天光照海涯東坡云上嘗書[illegible]天詩賜軾

送張嘉州

何□□七苦桀□□

章經若有人得道如食蜜中邊皆甜因君寄與雙龍□

全一照雙龍影三吳六月水如湯老人心

次雙龍井

次韻錢穆父紫薇花二首

虛白堂前合抱花杭州有經虛白堂在舊治白樂天有詩云虛白

□衙退後更無一事到中子合抱之木生於毫末秋風落月照

知多少漢蓋寬饒傳許伯入第寬饒仰視屋

□帝忽則易多矣□抱無□生有

小兒甜之者割之患
指蜜蜂作醞越蜜中有詩
不知千花百草爭含姿庾信和宇文內史詩花留釀蜜
蜂白樂天詩丁花百草凋零後留向紛紛雪裏看老人咀嚼時一
吐還引世間癡小兒小兒得詩如得蜜蜜
中有藥治平百疾正當狂走捉風時後漢朱浮
傳與彭寵書云伯通獨中風狂走自捐盛侍漢郊祀志谷永曰求之盪盪如係風捕
終不得一笑看詩百憂失韓退之別知秦微言於
笑之攻元王取人養卷人自

[illegible]吉及期年也舉似人士

[illegible]使犀顴玉頰長懷騶男悽然犀東坡

諸子騶男謂元直

為余遠致殷勤漢司馬相如傳重賜侍者通殷勤瑞草橋

[illegible]人紅帶雅宜華髮白樂天詩中有老朝客華髮映朱軒

[illegible]新春老人王慶源也東坡先有慶源詩引玄居眉之青神

……言搢紳者示追法指揷也揷笏於紳紳

數唐馬周傳岑文本謂所親曰馬君鳶

急流勇退豈無人江鄰幾雜志錢

山陳摶摶曰目如點漆黑白分神仙有紫閣老僧曰不然他目但

貴急流勇退耳書中苦覓元非訣醉裏微言

却近真我似樂天君記取華顛賞遍洛陽

白樂天醉吟先生傳洛陽內外六七十里間觀寺丘墅有泉石花竹者靡不

閒吟詩看雪尋花翫洛陽城裏七年閒

酉五月一日滁州王
安馬沅潘鐸溫犖江孫淳同觀於
集齋　犖江作畫孫淳題記